Hipopô

WEBERSON SANTIAGO
TEXTO E ILUSTRAÇÕES

2ª edição
2ª reimpressão

  Yellowfante

Copyright © 2013 Weberson Santiago

Todos os direitos reservados pela Autêntica Editora Ltda. Nenhuma parte desta publicação poderá ser reproduzida, seja por meios mecânicos, eletrônicos, seja via cópia xerográfica, sem a autorização prévia da Editora.

Edição geral
Sonia Junqueira

Edição de arte
Diogo Droschi

Revisão
Cecília Martins

Dados Internacionais de Catalogação na Publicação (CIP)
(Câmara Brasileira do Livro, SP, Brasil)

Santiago, Weberson
  Hipopô / Weberson Santiago, textos e ilustrações. –
2. ed.; 2. reimp. – Belo Horizonte : Editora Yellowfante,
2023.

  ISBN 978-85-513-0786-1

  1. Literatura infantojuvenil I. Título.

20-32527   CDD-028.5

Índices para catálogo sistemático:
  1. Literatura infantil 028.5
  2. Literatura infantojuvenil 028.5

Maria Alice Ferreira - Bibliotecária - CRB-8/7964

A **YELLOWFANTE** É UMA EDITORA DO **GRUPO AUTÊNTICA**

Belo Horizonte
Rua Carlos Turner, 420
Silveira . 31140-520
Belo Horizonte . MG
Tel.: (55 31) 3465 4500

São Paulo
Av. Paulista, 2.073 . Conjunto Nacional
Horsa I . Sala 309 . Bela Vista
01311-940 . São Paulo . SP
Tel.: (55 11) 3034 4468

www.editorayellowfante.com.br
SAC: atendimentoleitor@grupoautentica.com.br

DEDICO ESTE LIVRO, COM MUITO CARINHO,
PARA PESSOAS MUITO ESPECIAIS:

STELLA ELIA, ENRIQUE SANTIAGO, MARIANA SANTIAGO,
MARCELO CAMPOS, ARTUR FUJITA, THIAGO CRUZ,
PSONHA, CAMILA FIORENZA E RICARDO POSTACCHINI.

HIPOPÔ SEMPRE FOI GRANDÃO.

COM O PASSAR DO TEMPO, FOI CRESCENDO...

...CRESCENDO...

...CRESCENDO...

...E CONTINUOU CRESCENDO.

SE SENTIA GRANDE DEMAIS.

SE ACHAVA DIFERENTE DEMAIS.

HIPOPÔ ERA DISTRAÍDO E UM POUCO DESASTRADO.

MAS SEUS AMIGOS SEMPRE O AJUDAVAM A SE LEVANTAR.

HIPOPÔ SE SENTIA TRISTE, ÀS VEZES, POR SER TÃO DESAJEITADO, TÃO GRANDÃO, TÃO DIFERENTE DE TODO MUNDO.

NO DIA DE SEU ANIVERSÁRIO, NÃO FOI PARA A ESCOLA PORQUE SE SENTIA MAL POR SER TÃO DESAJEITADO, TÃO DESASTROSO. SENTIA SEMPRE QUE INCOMODAVA POR SER DAQUELE JEITO. E NÃO QUERIA FICAR ATRAPALHANDO AS PESSOAS.

ACHAVA QUE ERA MELHOR FICAR SOZINHO.

SEUS PAIS MANDARAM UM RECADO PARA O PROFESSOR.

O PROFESSOR CORUJÃO EXPLICOU O MOTIVO DA FALTA DO HIPOPÔ E COMEÇOU A AULA FALANDO SOBRE DIFERENÇAS.

DISSE QUE AS DIFERENÇAS FAZEM A VIDA SER MAIS INTERESSANTE.
SÃO ELAS QUE TORNAM CADA UM DE NÓS ESPECIAL.

OUVINDO ISSO, BEZERRO BEZERRA SUGERIU QUE TODOS FIZESSEM UM DESENHO SOBRE A IMPORTÂNCIA DA AMIZADE, COM OU SEM DIFERENÇAS, E LEVASSEM PARA O HIPOPÔ DEPOIS DA AULA.

E ASSIM FOI FEITO.

EM CASA, HIPOPÔ ESTAVA TRISTE PORQUE IA PASSAR SEU ANIVERSÁRIO SOZINHO.

UM DIA QUE COMEÇOU MAL TERMINOU BEM. UM PEQUENO GESTO DE CARINHO MUDOU A VIDA DE HIPOPÔ PARA SEMPRE. ELE VIU QUE ERA MUITO AMADO E TINHA MUITOS AMIGOS. NÃO PRECISAVA SE PREOCUPAR COM COISAS BOBAS PORQUE TINHA TUDO O QUE PRECISAVA: AMOR E CARINHO E AMIZADE!

HIPOPÔ GUARDOU PARA SEMPRE AQUELES MOMENTOS ESPECIAIS.

O AUTOR

NASCI EM 1983. MORO EM MOGI DAS CRUZES, SP, COM MINHA ESPOSA STELLA E MEUS FILHOS ENRIQUE E MARIANA. MINHA MÃE, MINHA TIA E MINHA AVÓ DIZEM QUE, QUANDO EU ERA CRIANÇA, PASSAVA BOA PARTE DO DIA LENDO E VENDO LIVROS. FAZIA MEUS PRÓPRIOS LIVROS COM PEDAÇOS DE PAPEL QUE ENCONTRAVA PELA CASA. GOSTAVA – E GOSTO AINDA – DE LER, DE OUVIR E DE CONTAR HISTÓRIAS. SOU MUITO FELIZ POR TRABALHAR FAZENDO ILUSTRAÇÕES PARA LIVROS, REVISTAS E JORNAIS. TAMBÉM SOU PROFESSOR DA UNIVERSIDADE DE MOGI DAS CRUZES E DA QUANTA ACADEMIA DE ARTES.

Weberson Santiago

webersonsantiago@gmail.com

Esta obra foi composta com a tipografia AnkeSans e impressa em papel Couché Fosco 150 g/m² na Formato Artes Gráficas.